AF602731

VENTE

HOTEL DROUOT — SALLE N° 11

Les Jeudi 8 et Vendredi 9 Novembre 1906

A 2 HEURES 1/4

MEUBLES DE STYLES

XVIme, XVIIme ET XVIIIme SIÈCLES

OBJETS D'ART

TAPISSERIES ANCIENNES

TAPIS D'ORIENT, TENTURES

BIJOUX, ARGENTERIE, OBJETS DE VITRINE

TABLEAUX

AQUARELLES, DESSINS, GRAVURES

Me GEORGES NORMAND
COMMISSAIRE-PRISEUR
41, Rue de la Victoire, 41

M. Arthur BLOCHE
EXPERT PRÈS LA COUR D'APPEL
52, Rue de Châteaudun, 52

EXPOSITION PUBLIQUE

Le Mercredi 7 Novembre 1906, de 2 heures à 6 heures

IMPRIMERIE ARTISTIQUE
C. CHAUFOUR
RUE MILTON 8
PARIS

CONDITIONS DE LA VENTE

Elle sera faite au comptant.

Les acquéreurs paieront 10 o/o en sus des enchères

L'exposition mettant le public à même de se rendre compte de l'état des objets, il ne sera admis aucune réclamation une fois l'adjudication prononcée.

DÉSIGNATION

TAPISSERIES ANCIENNES

TAPIS D'ORIENT — TENTURES

1 — Tapisserie de Bruxelles représentant un personnage attablé servi par un personnage accompagné de deux chiens dans une grande salle dont la fenêtre ouverte laisse entrevoir le paysage ; large bordure d'aspect architectural avec montants à colonnes, ornés de sculptures à petits sujets et de guirlandes, bandeau à écusson avec cartouche enguirlandé de fruits, porté par des amours au milieu de guirlandes suspendues à des mascarons, le bas à cartouches et fruits. XVIIe siècle.

2 — Grande tapisserie ancienne représentant diverses scènes historiques et bibliques, composition de nombreux personnages dans une vallée boisée.

3 — Tapisserie dite verdure, animée d'animaux et volatiles, bordure sur les côtés à colonnes enguirlandées de fleurs, dans le haut et dans le bas à fleurs, fruits et motifs décoratifs. XVIIIe siècle.

4 — Panneau en tapisserie d'Aubusson représentant un palmier entouré de fleurs avec château en perspective et portique sur le côté. XVIIIe siècle.

5 — Fragment de tapisserie du XVIe siècle représentant une scène de chasse.

6 — Panneau en ancienne tapisserie.

7 — Tapis d'Orient ancien, dessin polychrome.

8 — Tapis de soie fond rouge.

9 — Tapis de soie fond bleu turquoise.

10 — Grand tapis de Smyrne à fond rose avec large bordure.

11 -- Tapis de Smyrne fond bleu, dessin polychrome.

12 — Tapis chemin persan, dessin varié.

13 — Tapis chemin d'Orient à dessin polychrome sur fond bleu.

14 — Tapis persan, dessin à fleurettes sur fond crème.

15 — Tapis d'Orient fond crème.

4m20 × 3m20.

16 — Tapis de Smyrne Yapru.

4m × 3m60.

17 — Tapis de Kutahia à fond crème.

3m × 2m.

18 — Tapis d'Afghanistan, parties en bourre de soie.

4m80 × 3m80.

19 — Grand tapis chemin d'Orient.

20 — Quatre tapis de prières en soie d'Orient.

21 — Tapis d'Orient ancien.

22 — Deux tapis d'Orient.

23 — Neuf rouleaux de tapis de laine.

24 — Décor de baie composé d'un bandeau et de deux rideaux en tissus à dessin polychrome dans le goût oriental.

25 — Pente en peluche verte.

26 — Paire de rideaux en velours rouge.

27 — Paire de rideaux en velours vert.

28 — Rideaux verts.

29 — Six rideaux en velours vert d'eau avec embrasses.

30 — Couvre-pieds en satin.

31 — Portière en peluche verte.

32 — Rideaux de lit, de fenêtres et ciel de lit, étoffe à rayures de style Louis XVI.

33 — Stores et brises-bises.

34 — Deux paire de rideaux en soie cramoisie de style Louis XVI.

35 — Lot d'embrasses.

MEUBLES

36 — Meuble de salon de style Louis XV en bois sculpté et doré, dessin à fleurs et rocailles couvert en tapisserie d'Aubusson, représentant des bouquets de fleurs dans des médaillons encadrés de guirlandes, composé d'un canapé et quatre fauteuils.

37 — Petit meuble à deux portes formant bureau en marqueterie de bois, garni de bronzes. Style Louis XVI.

38 — Piano à queue.

39 — Chambre à coucher de style Louis XVI en bois sculpté peint blanc, composée d'une armoire à glace à trois portes, d'un lit formé de canne et d'une table de nuit.

40 — Salle à manger de style Henri II, en noyer sculpté, composée d'un dressoir à deux corps, d'une table à allonges et de six chaises.

41 — Petit guéridon laqué de style Louis XVI, à dessus de marbre et entrejambe laqué.

42 — Coiffeuse de style Louis XVI en bois laqué avec guirlandes en bois sculpté.

43 — Meuble de salon de style Louis XVI en bois laqué, recouvert en velours frappé.

44 — Table de salon de style Louis XVI en acajou, garnie de bronzes ciselés et dorés, dessus en marbre.

45 — Commode d'époque Louis XVI en noyer.

46 — Table échiquier en marqueterie d'ivoire, travail italien.

47 — Chambre à coucher en acajou et cuivre de style Louis XVI, composée d'un lit de milieu, d'une armoire à glaces à deux portes et d'une table de nuit.

48 — Meuble de salon en bois sculpté, composé d'un canapé, de quatre fauteuils et six chaises de style Renaissance.

49 — Bureau en bois sculpté.

50 — Bibliothèque.

51 — Bureau cylindre en marqueterie.

52 — Petit meuble de style Louis XVI, dessus marbre.

53 — Petite table laquée.

54 — Chaise en noyer ciré, recouverte en étoffe bleue.

55 — Table bureau Louis XIII, en noyer ciré et sculpté à deux faces, recouvert d'un tapis bleu.

56 — Cheminée Louis XIII en noyer sculpté et ciré.

57 — Fauteuil de bureau en noyer, recouvert en cuir.

58 — Lit en noyer frisé de style Louis XVI, avec sa literie.

59 — Meuble d'entre-deux en bois noir, à filets de cuivre garni de bronze doré, dessus en marbre blanc.

60 — Coffre à bois en noyer.

61 — Petite liseuse en bois noir.

62 — Porte-manteau en noyer, orné d'une glace.

63 — Console laquée de style Louis XV.

64 — Table à thé laquée.

65 — Bureau de dame forme rognon en acajou, garni de bronzes dorés de style Louis XV.

66 — Petit fauteuil en chêne sculpté, garni de velours frappé.

67 — Petit bureau de dame de style Louis XVI, en palissandre et marqueterie de bois.

68 — Petit bureau art nouveau en noyer.

69 — Canapé recouvert en étoffe avec bande de tapisserie.

70 — Fauteuil en bambou recouvert en étoffe brodée.

71 — Petite table en bois de fer avec incrustations de nacre.

72 — Banquette bambou foncée de canne.

73 — Petite vitrine en bois de fer avec incrustations de nacre.

74 — Fauteuil doré et canné de style Louis XVI.

75 — Deux petites chaises dorées.

76 — Deux tabourets en chêne sculpté.

77 — Support en noyer.

78 — Lit cuivre avec sa literie.

79 — Glace, cadre en moucharabie.

80 — Paravent en bois sculpté et doré de style Louis XV avec glaces.

81 — Porte-manteau en noyer sculpté.

82 — Grand buffet argentier s'ouvrant à portes vitrées.

83 — Glace cadre doré.

84 — Armoire en bois noir incrusté de nacre.

85 — Coffret à bijoux.

86 — Table en bambou, dessus en panne verte.

87 — Guéridon orné de bronzes dorés, dessus en marbre.

88 — Tabouret, dessus en tapisserie au point, à fleurs.

OBJETS D'ART

89 — Ecritoire en bronze ciselé et doré du Premier Empire avec flambeau au milieu et posant sur un socle en marbre noir.

90 — Statuette en bronze à patine dorée : Phrynée, de MADRASSI.

91 — Paire de vases en blanc de Chine craquelé, décor au dragon en relief.

92 — Plat en faïence de Puil représentant la Belle Jardinière.

93 — Lanterne de vestibule en bronze argenté, chimère tenant un globe

94 — Petite suspension de chambre à coucher en bronze doré, de style Louis XVI

95 — Paire de vases en porcelaine de Chine.

96 — Paire de candélabres en bronze avec bouquets de lumières supportés par des amours en bronze argenté.

97 — Vasque en cuivre.

98 — Paire de candélabres en bronze et porcelaine bleu de Sèvres.

99 — Paire de vases en porcelaine du Japon décorés d'animaux.

100 — Quatre grands plats en faïence de Delft.

101 — Paire de candélabres en bleu de Sèvres, garniture bronze.

102 — Garniture de cheminée en bronze doré de style Louis XVI composée d'une pendule et de deux candélabres.

103 — Paire de flambeaux Louis XVI en bronze doré.

104 — Paire d'appliques Louis XVI en bronze doré.

105 — Statuette en bronze argenté : « La Diane de Gabies », édition de BARBEDIENNE.

106 — Paire de candélabres de style Louis XVI en bronze doré.

107 — Fusil avec garniture et plaques ciselés.

108 — Etrier en fer.

109 — Petit canon ancien orné d'incrustations d'or.

110 — Petit affut de canon, obusier du XVIIe siècle, lion en marbre, et clochette en bronze doré à ornements.

111 — Pendule d'applique Louis XV garnie de bronzes dorés et ciselés, avec son socle d'applique.

112 — Fusil, canon avec ornements et incrustations d'or.

113 — Deux plaques en fer repoussé du XVIIe siècle, Portraits de Marguerite XI et de Théodoric III, comte et comtesse de Hollande.

114 — Vase en terre cuite signé J. de L. D.

115 — Plateau ancien en bronze.

116 — Papeterie ornée de bronze doré.

117 — Statuette équestre de « Jeanne d'Arc » en métal argenté.

118 — Deux émaux encadrés.

119 — Lot de dix vitraux dont huit à personnages de la maison NÉRET.

120 — Buste en biscuit de Marie-Antoinette.

121 — Potiche en porcelaine décor à fleurs.

122 — Potiche Louis XV en porcelaine.

123 — Statuette en bronze, Henri IV enfant.

124 — « Le Belluaire », statuette en bronze.

125 — Statuette en bronze « Mozard ».

126 — Statuette en bronze de « Jeanne d'Arc »

127 — Encrier en bronze de style Louis XV.

128 — Paire de potiches en porcelaine préparées pour l'électricité.

129 — Vingt tasses à café décor bleu et or.

130 — Grand plat, plat ovale et petit plat de la maison CHRISTOFLE.

131 — Plat de style Louis XV.

132 — Paire de compotiers en étain argenté.

133 — Corbeille à pain en métal.

134 — Coupe en bronze vert et or.

135 — Dix-huit gobelets et vingt verres en cristal de Bohême.

136 — Vasque et son pied en faïence de Valloris.

137 — Garniture de cheminée en cuivre poli, composée d'une pendule et de deux candélabres.

138 — Trois groupes en biscuit.

139 — Statuette en bronze : « Les Lilas ».

140 — Paire de chenêts en cuivre formés par des levrettes.

141 — Paire de grands porte-bouquets formés par des chimères en faïence.

142 — Deux statuettes de chinois en faïence.

143 — Grande lampe à colonne.

144 — Potiche en porcelaine craquelée du Japon, à dessins rouges et bleus.

145 — Lot d'assiettes diverses.

146 — Garniture de cheminée en marbre noir et bronzes.

147 — Statuette en bronze, la Vénus de Milo.

147 *bis* — Presse-papier représentant un Mousquetaire.

148 — Galerie de foyer de style Louis XV à figures d'amours.

149 — Buste de femme en bronze.

150 — Deux petites glaces à main, monture en bronze.

151 — Grand vase en marbre, décor à fleurs.

152 — Petit vase en marbre, même décor.

153 — Garniture de cheminée en marbre blanc et bronze doré et ciselé, de style Louis XVI, composée d'une pendule et de deux candélabres à deux lumières.

154 — Plateau en porcelaine décorée, monture en bronze doré.

155 — Vase en porcelaine, monture en bronze à têtes de cygnes.

156 — Buste de Mercure en bronze argenté.

157 - Deux panneaux décoratifs en marbre.

158 - Lot de cadres en bois sculpté.

159 — Groupe en bronze. l'Amour réduit à la raison.

160 — Deux coussins en satin brodé.

161 — Coffret à dentelles en moire marron.

162 — Deux coffrets en cuir et velours, brodés.

163 — Paire d'appliques en bronze doré.

164 — Encrier en porcelaine décorée.

165 — Plat décoré, bord de rivière, signé H.K S.

166 — Service à liqueurs en métal argenté.

167 — Porte-bouquets de table en métal argenté.

168 — Deux appareils photographiques.

169 — Deux coupes en albâtre.

169 *bis* — Pendule en marbre et deux candélabres à cinq lumières, style néo-grec.

BIJOUX, ARGENTERIE

OBJETS DE VITRINE

170 — Bague marquise en or enrichie d'un brillant entouré d'autres petits brillants.

171 — Collier composé de cent et une perles pesant cent quarante-trois grains.

172 — Collier composé de quatre-vingt-six perles fines.

173 — Epingle de cravate formée par un petit cheval en platine enrichi de roses.

174 — Bague en or ornée d'un rubis reconstitué entouré de brillants.

175 — Broche pendentif forme nœud, enrichie de beaux brillants et de deux perles poires.

176 — Trois boutons chemises perles fines.

177 — Bague en or enrichie d'une émeraude, de rubis, de brillants et de roses.

178 — Bague marquise en or de forme rectangulaire enrichie de rubis, de brillants et de roses.

179 — Paire de boucles d'oreilles ornées de perles fines entourées de brillants.

180 — Bague en or enrichie d'un saphir cabochon et de deux brillants.

181 — Petite montre en or enrichie d'un brillant.

182 — Paire de boucles d'oreilles enrichies d'un brillant entouré de petits brillants.

183 — Bague en or croisée enrichie d'une perle et d'un brillant.

184 — Bague en or enrichie d'un rubis de deux brillants et de petits brillants

185 — Bague marquise enrichie de trois perles entourées de roses.

186 — Bague en or ornée d'un saphir entouré de brillants.

187 — Bague en or enrichie de deux brillants.

188 — Bague en or enrichie d'une perle fine entourée de brillants.

189 — Bague en or ornée d'une émeraude entourée de brillants.

190 — Bague en or ornée d'un rubis reconstitué entouré de brillants.

191 — Broche forme nœud enrichie d'un brillant.

192 — Bague en or, avec miniature, portrait de femme. Ecole ancienne.

193 — Chocolatière en argent.

194 — Porte coquetiers en argent.

195 — Petit sucrier en argent ciselé.

196 — Petit encrier en argent formé par un rat mangeant une carotte.

197 — Huit boucles anciennes en fer doré et ciselé. XVIIe siècle.

198 — Treize boucles anciennes garnies de strass.

199 — Poignard Louis XVI, manche en nacre.

200 — Poignard ancien gaîne en fer repoussé.

201 — Deux statuettes en porcelaine blanche : Jeune fille et jeune garçon.

202 — Petit éventail orné d'une peinture. Epoque Louis XVI.

203 — Service à salade en argent.

204 — Petite lunette en nacre.

205 — Petite miniature sur ivoire : La famille de Reynolds.

206 — Lot de six topazes,

207 — Bague chevallière ornée de topazes.

208 — Eventail orné d'une petite peinture, monture en nacre.

209 — Paire de petites potiches en porcelaine du Japon.

210 — Six assiettes de Sèvres, décor à fleurs rehaussé d'or.

211 — Petite tasse en porcelaine de Saxe, décor à figures et paysages.

212 — Petite corbeille du XVIIIe siècle, en porcelaine.

213 — Porte-carte reliure en émail fond bleu à fleurs.

214 — Deux médaillons ronds en biscuit, à sujets mythologiques.

215 — Flambeau en porcelaine bleue incrusté d'argent.

216 — Statuette en porcelaine d'Allemagne : le petit oiseleur.

217 — Petite jumelle.

218 — Cadre orné de bronze doré et d'incrustations de nacre.

TABLEAUX

DESSINS, PASTELS, AQUARELLES
GRAVURES

219 — A. V. Oiseaux.

Aquarelle.

220 — DANLOUX (Attribué à Pierre). Portrait présumé du marquis de Breteuil en costume de guerre.

221 — DELACROIX (Genre de). La fuite.

222 — DRY. La maison du pêcheur.

223 — E. M. Iris.

Aquarelle.

224 — FAUST JUINTO. Paysage.

225 — GASSIES. Paysage, coucher du soleil en automne, dans la forêt de Fontainebleau.

Aquarelle.

226 — GÉRARD. Le retour du bois.

227 — GOUZABRA (De). Portrait de femme vue de profil.

228 — GRILLET. Environs de Pacy-sur-Eure.

Peinture sur faïence.

229 — HAMILTON. Les quatre saisons.

Gravures anglaises en couleurs.

230 — KAUFFMANN (Angélica). Deux gravures se faisant pendants.

231 — LANDRÉ (Louise). Portrait de femme, la tête enveloppée d'une fourrure.

232 — LAPLANCHE. Femme nue au bord d'une source.

233 — LAVEZARI. Paysage.

Aquarelle.

234 — LAVEZARI. Intérieur arabe : la partie d'échecs.

Aquarelle.

235 — LAVRINCE (Attribué à N.). Le lever des ouvrières en modes.

236 — LEBAS. Les quatre grandes fêtes flamandes.

237 — LETELLIER. Le port de Nantes.

238 — LIBERT. Le Louvre vu du Pont-Neuf.

Aquarelle.

239 — MEISSONIER (Genre de). La déclaration.

Petit médaillon.

240 — NEUVILLE (A. de). Grenadier.

Aquarelle.

241 — OLLIVIER (Louis). Le moulin à eau.

242 — PIVRY. Paysage.

Aquarelle.

243 — PIVRY. Paysage à Nice.

Aquarelle.

244 — THEVENIN. Prise de la Bastille.

Eau-forte.

245 — VAUTHIER (L.). Vase de fleurs.

246 — VERCHAIN (L.). Le lac de Mormal en automne.

Aquarelle.

247 — VERCHAIN (L.). Le pont Marie à Paris.

Aquarelle.

248 — YON (EDMOND). Forêt de Touques, après la pluie.

249 — ZAMACOÏS. Petite peinture sur panneau.

250 — ECOLE ANCIENNE. Sujet mythologique.

251 — ÉCOLE FRANÇAISE Jeune femme en costume rose et bleu, tenant un panier de fleurs dans la main droite et une rose de la main gauche.

252 — ÉCOLE FRANÇAISE. Petit portrait de femme.

Cadre en bois sculpté.

253 — ÉCOLE FRANÇAISE. Portrait de femme.

Pastel.

254 — ECOLE HOLLANDAISE Nature morte.

255 — ECOLE HOLLANDAISE Les joueurs de cartes.

256 — ECOLE MODERNE. Portrait de femme.

Pastel.

257 — ECOLE MODERNE. Bord de rivière.

258 — ECOLE MODERNE. Entrée de forêt.

259-264 — Dix tableaux, paysages, pastels, etc.

265 — Lot de dessins de MOREAU, HELLEU, etc.

266 — Dessin à la plume : Don Quichotte et Sancho Pança.

267 — Trois dessins au crayon des XVIIe et XVIIIe siècles.

268 — « The Golden age », gravure anglaise.

269 — Deux gravures en couleurs de style Louis XIV, avec cadres en bois sculpté.

270 — Trois gravures, sujets flamands.

271 — Deux gravures en couleurs représentant des vues d'Italie.

272 — Objets omis.

www.ingramcontent.com/pod-product-compliance
Ingram Content Group UK Ltd.
Pitfield, Milton Keynes, MK11 3LW, UK
UKHW021029260726
13994UKWH00005B/2037

9 782329 391748